2 Juin 1909

marqué P

VENTE

Du Mercredi 2 Juin 1909

HOTEL DROUOT, SALLE N° 7

A 2 HEURES 1/2

Tableaux Anciens

ET MODERNES

DESSINS — PASTELS

COMMISSAIRE-PRISEUR

Mᵉ F. LAIR-DUBREUIL

EXPERT

M. JULES FÉRAL

CATALOGUE

DES

TABLEAUX ANCIENS

ET MODERNES

PAR

Backhuisen, Bonaventure de Bar, Breda, Casanova, F. Cotes, L. David
E. Fromentin, J. Van Goyen, Griffier, Heemskerk, Le Barbier,
Lingelbach, N. Molenaer, Monnoyer, Moucheron, Nolpe, J. Van Os, Oudry,
Peters, Pillement, Rottenhamer,
Snayers, Swebach, De Troy, Van Uden, J. Vernet, Vien, Weenix, Zorg, etc

DESSINS, PASTELS

ET DONT LA VENTE AURA LIEU, A PARIS

HOTEL DROUOT, SALLE N° 7

LE MERCREDI 2 JUIN 1909

à 2 heures 1/2

COMMISSAIRE-PRISEUR
Me F. LAIR-DUBREUIL
6, rue Favart

EXPERT
M. JULES FÉRAL
7, rue Saint-Georges

EXPOSITION PUBLIQUE

Le Mardi 1er Juin 1909, de deux heures à six heures

CONDITIONS DE LA VENTE

Elle sera faite expressément au comptant.

Les adjudicataires paieront *dix pour cent* en sus des enchères.

Paris. — Imp. de l'Art, Ch. Berger, 41, rue de la Victoire.

DÉSIGNATION

TABLEAUX ANCIENS
ET MODERNES
DESSINS, PASTELS

ABBOTT (Lemuel-François)

1 — *Portrait de Kirkes Townley.*

Toile. Haut., 89 cent.; larg., 69 cent.

BACKHUISEN (Ludolf)

2 — *Bateaux de pêche au large d'une mer agitée.*

Toile. Haut., 44 cent.; larg., 58 cent.

BACKHUISEN (Ludolf)

3 — *La Tempête.*

Bois. Haut., 29 cent.; larg., 42 cent.

BALEN (Attribué à VAN)

4 — *Vertumne et Pomone.*

Bois. Haut., 46 cent.; larg., 38 cent.

BAR (BONAVENTURE DE)

5 — *La Fête champêtre.*

Une draperie est tendue entre deux bouquets d'arbres, abritant d'élégants personnages au repos dans la campagne. Au centre, un couple danse au son d'un orchestre réuni sur un tertre.

A droite, une voiture attelée de deux chevaux blancs.

Gracieuse et importante composition.

Toile. Haut., 72 cent.; larg., 90 cent.

BERGHEM (Attribué à NICOLAS)

6 — *Bergers et animaux dans la campagne de Rome.*

Bois. Haut., 59 cent.; larg., 82 cent.

BONINGTON (Attribué à R.-P.)

7 — *Pêcheurs au bord d'une rivière.*

Toile. Haut., 18 cent.; larg., 21 cent.

BONINGTON (Attribué à R.-P.)

8 — *La Prairie.*

Toile. Haut., 24 cent.; larg., 40 cent.

BOUCHER (École de)

(DEUX PENDANTS)

9 — *Le Printemps.*
10 — *L'Automne.*

Compositions allégoriques figurées par des amours. Toiles de formes ovales.

Haut., 1 m. 8 cent.; larg., 80 cent.

BOUCHER (École de)

11 — *Vénus et l'Amour.*

Toile. Haut., 45 cent.; larg., 38 cent.

BREENBERGH (Attribué à BARTHÉLEMY)

12 — *Paysage avec cours d'eau, bergère et animaux.*

Bois. Haut., 21 cent.; larg., 31 cent.

BREDA (C.-F. VAN)

13 — *Portrait de l'Amiral Saint Vincent.*

Signé et daté : *1791.*

Toile. Haut., 66 cent.; larg., 49 cent.

CASANOVA (FRANÇOIS-JOSEPH)

14 — *Halte de soldats.*

Deux cavaliers sont arrêtés devant un rocher, l'un ayant mis pied à terre sangle son cheval blanc.

Au second plan, un troisième cavalier suit un chemin sinueux, accompagné d'un homme d'infanterie.

Toile. Haut., 80 cent.; larg., 1 mètre.

Cadre en bois sculpté.

CASANOVA (François-Joseph)

15 — *Armée en marche.*

Un guide, monté sur un cheval blanc et frappant d'un fouet une mule chargée d'un bât, précède dans la campagne une troupe de cavaliers.

Toile. Haut., 65 cent.; larg., 80 cent.

Cadre en bois sculpté.

CASANOVA (François-Joseph)

(PENDANT DU PRÉCÉDENT)

16 — *Le Retour du marché.*

Dans la montagne, un villageois rattache des ballots sur le bât d'une mule tombée à terre. Plus loin, une femme sur un cheval blanc et un troupeau de moutons.

Toile. Haut., 65 cent.; larg., 80 cent.

Cadre en bois sculpté.

COTES (Francis)

17 — *Portrait présumé de la comtesse de Carnarvon.*

Vue à mi-corps, assise et accoudée sur une table.

Toile. Haut., 73 cent.; larg., 59 cent.

COTES (Francis)

18 — *Portrait de Femme.*

Toile de forme ovale.

Haut., 60 cent.; larg., 52 cent.

COYPEL (École d'Antoine)

19 — *Amphitrite sur les eaux.*

Toile. Haut., 78 cent.; larg., 1 m. 5 cent.

CROME (W.-H.)

20 — *Lisière de forêt.*

Bois. Haut., 67 cent.; larg., 93 cent.

CROME (W.-H.)

(PENDANT DU PRÉCÉDENT)

21 — *Le Château fort.*

Bois. Haut., 67 cent.; larg., 93 cent.

DAVID (Louis)

22 — *Eucharis et Télémaque.*

Les deux héros sont assis sous une grotte, la nymphe entourant de ses bras le cou du jeune homme. A droite, un chien blanc.

Signé à gauche sur un carquois et daté : *Bruxelles 1818*, sur une trompe de chasse.

Toile. Haut., 88 cent.; larg., 1 m. 2 cent.

DOWNMAN (Genre de Jean)

23 — *Portrait de Jeune Fille.*

Dessin de forme ovale, aux crayons noir et de couleur.

Haut., 20 cent.; larg., 16 cent.

DUBBELS (Genre de)

24 — *Trois-mâts et barques de pêche.*

Bois. Haut., 20 cent.; larg., 40 cent.

FROMENTIN (Eugène)

25 — *Chevaux arabes dans le désert.*

Signé à gauche et daté : *1872.*

Bois. Haut., 28 cent.; larg., 41 cent.

GÉRARD (Attribué à Mlle Marguerite)

26 — *Les Joies de la Maternité.*

Toile de forme ovale.

Haut., 55 cent.; larg., 65 cent.

GIRAUDET (Attribué à)

27 — *Sujet biblique.*

Toile. Haut., 42 cent.; larg., 55 cent.

GOYEN (Jean Van)

28 — *La Halte à l'auberge.*

Curieux et important tableau.
Signé et daté : *1624.*

Bois. Haut., 76 cent. ; larg. 1 m. 9 cent.

GRIFFIER (Robert)

29 — *Vue des bords du Rhin.*

Signé à droite.

Bois. Haut., 36 cent.; larg., 48 cent.

GRIMOUX (Attribué à JEAN)

30 — *Portrait d'Homme en buste.*

Toile. Haut., 55 cent.; larg., 45 cent.

HEEMSKERK (EGBERT VAN)

31 — *Le Banquier.*

Un homme assis devant une table pèse des pièces de monnaies devant un villageois.

Bois. Haut., 15 cent.; larg., 12 cent.

HOARE (Prince)

32 — *Portrait d'Homme, son chapeau sous le bras.*

Toile. Haut., 75 cent.; larg., 62 cent.

KNELLER (Attribué à GODEFROID)

33 — *Portrait de Femme dans un médaillon de pierre.*

Toile. Haut., 75 cent.; larg., 62 cent.

LE BARBIER (J.-J. FRANÇOIS)

34 — *Jeune Femme offrant un sacrifice.*

Toile. Haut., 41 cent.; larg., 33 cent.

LINGELBACH (Jean)

35 — *Chasseurs au tournant d'une route.*

Signé au centre.

Bois. Haut., 26 cen. ; larg., 29 cent.

MEMLING (Genre de)

36 — *La Vierge et l'Enfant Jésus à la pomme.*

Bois. Haut., 14 cent.; larg., 18 cent.

MIGNARD (École de)

37 — *Portrait de Femme en corsage blanc.*

Toile. Haut., 70 cent.; larg., 57 cent.

MOLENAER (Nicolas)

38 — *Paysage d'hiver.*

Bois. Haut., 18 cent.; larg., 22 cent.

MONNOYER (Baptiste)

39 — *Vase enguirlandé de fleurs.*

Toile. Haut., 1 m. 21 cent.; larg., 83 cent.

MORLAND (Attribué à Georges)

40 — *Paysage et chaumière.*

Dans la forêt, en un coin où un sentier descend, au milieu d'une haie de grands arbres aux branches chargées de feuilles. A droite, une petite chaumière est nichée sous la ramure; dans le chambranle de la porte, une femme se tient debout. Devant elle, sur la pente d'un talus que domine un tronc d'arbre, un paysan s'est à demi allongé, et converse avec une bonne femme debout, de profil à droite, en bonnet blanc, fichu rouge et robe jaune en partie cachée par un tablier noir. L'homme a une culotte grise, un gilet bleu, un foulard rouge, un manteau jaune. Au bas du talus, un chien est couché sur les pattes, la tête levée. A gauche, dans l'écartement des branches, un peu de ciel bleu apparaît, avec son cortège de nuées blondes.

Toile. Haut., 49 cent.; larg., 60 cent.

MOUCHERON (Frédéric)

41 — *Paysage d'Italie.*

A droite, un chemin sinueux au bord d'un cours d'eau.

Toile. Haut., 53 cent.; larg., 64 cent.

NOLPE (Pierre)

42 — *Paysage accidenté.*

A gauche, deux chasseurs et leurs chiens au repos.

Bois. Haut., 36 cent.; larg., 50 cent.

OS (Jean Van)

43 — *Fleurs et fruits sur une table de marbre.*

Signé à droite.

Bois. Haut., 66 cent.; larg., 50 cent.

OSTADE (Attribué à Adrien Van)

44 — *La Tentation.*

Bois. Haut., 23 cent.; larg., 20 cent.

OUDRY (Jean-Baptiste)

(deux pendants)

45 — *Poules et poussins.*

46 — *Canes et canetons.*

Signés et datés : *1728.*

Toiles. Haut., 80 cent.; larg., 1 m. 25 cent.

Cadres en bois sculptés.

PETERS (Bonaventure)

47 — *Tempête à l'embouchure d'un fleuve.*

Bois. Haut., 16 cent.; larg., 26 cent.

PIERO (Della Francesca)

(Genre de)

48 — *Jeune Femme en buste.*

Fond de paysage.

Bois. Haut., 44 cent.; larg., 32 cent.

PILLEMENT (Jean)

(deux pendants)

49-50 — *Pêcheurs et laveuses au bord d'un cours d'eau.*

Toile. Haut., 19 cent.; larg., 29 cent.

POELENBURG (Corneille Van)

51 — *Baigneuses au bord d'un cours d'eau.*

Bois. Haut., 21 cent.; larg., 27 cent.

PYNACKER (Attribué à Adam)

52 — *Bergers et animaux dans la montagne.*

Toile. Haut., 80 cent.; larg., 69 cent.

RAPOS (V.-A.)

55 — *Les Marionnettes.*

Une fillette en robe blanche, tenant les pans de son tablier rose, danse entre deux enfants. L'un soutient par la patte un petit chien qui marche debout; l'autre, assis à terre, porte un panier de cerises. A droite, un petit garçon soufflant dans une cornemuse actionne des marionnettes.

Signé à droite, daté : *Turin, 1773.*

Toile. Haut., 67 cent.; larg., 84 cent.

REYNOLDS (Attribué à Sir JOSHUA)

56 — *Portrait du Duc de Cumberland.*

Toile. Haut., 53 cent.; larg., 44 cent

RIGAUD (Attribué à HYACINTHE)

57 — *Portrait d'Homme en armure.*

Toile. Haut., 82 cent.; larg., 65 cent.

Cadre en bois sculpté.

RIGAUD (École de HYACINTHE)

58 — *Portrait d'un Officier en armure.*

455 Toile de forme ovale.

Haut., 70 cent.; larg., 57 cent.

RIGAUD (École de HYACINTHE)

59 — *Jeune Femme en buste.*

Toile. Haut., 66 cent.; larg., 53 cent.

ROBERT (Genre d'HUBERT)

60 — *Temple et fontaine monumentale.*

ROSLIN (Genre de)

61 — *Portrait de Femme avec chapeau et rubans bleus.*

Toile de forme ovale.

Haut., 65 cent.; larg., 54 cent.

ROTTENHAMER (Jean)

62 — *Saint Jérôme dans le désert.*

Signé du monogramme.

Bois. Haut., 29 cent.; larg., 21 cent.

RUISDAEL (Attribué à Salomon)

63 — *Le Passage du bac.*

A gauche, sur une rive, deux villageois assis devant une chaumière.

Bois. Haut., 40 cent.; larg., 45 cent.

RYCKAERT (Attribué à David)

64 — *Le Cellier.*

Bois. Haut., 47 cent.; larg., 64 cent.

SCHYNDELS
(deux pendants)

65-66 — *Scènes de marchés.*

Signés en toutes lettres.

Bois. Haut., 31 cent.; larg., 39 cent.

SNAYERS (Pierre)

67 — *Combat de cavaliers et de soldats à pied.*

Bois de forme ronde.

Diam., 36 cent.

STEEN (Attribué à Jean)

68 — *L'Entretien galant.*

Bois. Haut., 20 cent.; larg., 15 cent.

SWEBACH (dit Fontaine)

(DEUX PENDANTS)

69-70 — *Scènes de la campagne d'Egypte.*

Toiles. Haut., 24 cent.; larg., 32 cent.

TENIERS (Attribué à David)

71 — *Intérieur de cuisine.*

Des fruits, des légumes, du gibier et des ustensiles de ménage sont réunis au premier plan, autour d'une femme assise, épluchant de l'échalotte. Dans le fond, quatre personnages devant une haute cheminée.

Toile. Haut., 58 cent.; larg., 76 cent.

Cadre en bois sculpté.

TENIERS (Attribué à David)

72 — *Les Fumeurs.*

Bois. Haut., 38 cent.; larg., 28 cent.

TENIERS (École de)

73 — *Intérieur d'estaminet.*

Bois. Haut., 35 cent.; larg., 48 cent.

TROY (JEAN-FRANÇOIS DE)

74 — *Portrait de Jeune Femme.*

Vue à mi-corps, assise et accoudée sur un coussin rouge posé sur l'entablement d'une fenêtre, elle porte une ample robe de velours jaune ouverte sur la poitrine. A droite, un rideau vert.

Toile. Haut., 90 cent.; larg., 74 cent.

Cadre en bois sculpté.

74

2.650

Héliotypie Berthaud Paris

UDEN (Lucas Van)

75 — *Villageois sur une route.*

Bois. Haut., 26 cent.; larg., 42 cent.

(*Collection Mniszech.*)

VAN DYCK (Genre de)

76 — *Buste de Jeune Homme.*

Bois. Haut., 39 cent.; larg., 29 cent.

VELDE (Attribué à Adrien Van de)

77 — *Bergers et animaux.*

Toile. Haut., 26 cent.; larg., 35 cent.

VERNET (Joseph)

78 — *Incendie dans un port.*

Un brasier illumine un bassin où l'on remarque un bateau à voile.

Au premier plan, sur un quai, des hommes, des femmes et leurs enfants s'enfuient, des marins débarquent des marchandises.

Signé et daté : *1771.*

Toile. Haut., 87 cent.; larg., 1 m. 28 cent.

VERNET (Joseph)

79 — *Les Baigneuses.*

Trois jeunes femmes sont dévêtues sur un rocher au bord d'un cours d'eau. Dans le fond, un village au delà d'un pont de pierre.

Gravé sous le titre ci-dessus.

Toile. Haut., 55 cent.; larg., 45 cent.

VIEN

80 — *Une Vestale couronnée de roses.*

Signé à gauche.

Toile. Haut., 92 cent.; larg., 98 cent.

VITRINGA (Wigerus)

81 — *Un Port de mer.*

Signé à gauche.

Bois. Haut., 34 cent.; larg., 28 cent.

WEENIX (Jean-Baptiste)

82 — *Monuments dans la campagne de Rome.*

Autour d'un vase de pierre élevé sur un socle, on remarque un cavalier monté sur un cheval blanc, une jeune mère assise près d'un villageois, deux hommes coiffés à l'orientale, un artiste dessinant. Plus loin, un voyageur devant un large escalier, des chiens et d'autres figures. Vers le fond, des rochers, un monolithe en ruine.

Signé à gauche.

Bois. Haut., 53 cent.; larg., 44 cent.

WOUWERMAN (Pierre)

83 — *La Halte.*

Bois. Haut., 29 cent.; larg., 34 cent.

ZORG (Henri-Martin)

84 — *Une Cour de ferme.*

Bois. Haut., 50 cent.; larg., 63 cent.

ÉCOLE ALLEMANDE (XVIe siècle)

85 — *La Mort de la Vierge.*

A gauche, une porte ouverte sur un fond de paysage.

Bois. Haut., 92 cent.; larg., 68 cent.

ÉCOLE ANGLAISE

86 — *Jeune Femme en buste.*

Fond de paysage.

Toile. Haut., 57 cent.; larg., 44 cent.

ÉCOLE ANGLAISE

87 — *Intérieur d'écurie.*

Toile. Haut., 34 cent.; larg., 45 cent.

ÉCOLE FLAMANDE (XVIIe siècle)

88 — *Le Repos des moissonneurs.*

A droite, un monogramme.

Bois. Haut., 30 cent.; larg., 36 cent.

ÉCOLE FLAMANDE (XVIIe siècle)

89 — *La Madeleine en méditation.*

Bois. Haut., 35 cent.; larg., 26 cent.

ÉCOLE FRANÇAISE (XVIIIe siècle)

90 — *Un Gentilhomme, une dame et une fillette.*

Pastel.

Haut., 70 cent. ; larg., 82 cent.

ÉCOLE FRANÇAISE

(DEUX PENDANTS)

91-92 — *Portraits de Femmes en buste.*

Pastels de forme ovale.

Haut., 40 cent.; larg., 30 cent.

ÉCOLE FRANÇAISE

93 — *Portrait de Jeune Femme à collerette.*

Bois. Haut., 29 cent.; larg., 21 cent.

ÉCOLE FRANÇAISE

94 — *Portrait de Jeune Femme.*

En buste, corsage blanc, avec écharpe bleue.

Pastel. Haut., 58 cent.; larg., 43 cent.

ÉCOLE HOLLANDAISE (XVIIe siècle)

95 — *Le Passage du bac.*

De nombreuses embarcations sont amarrées aux rives d'un fleuve. Au premier plan, un chien et deux cygnes.

Bois. Haut., 64 cent.; larg., 80 cent.

ÉCOLE HOLLANDAISE

96 — *Jeune Femme dans un intérieur.*

Bois. Haut., 52 cent.; larg., 39 cent.

ÉCOLE HOLLANDAISE

97 — *Paysage avec figures et animaux sur une route.*

Toile. Haut., 26 cent.; larg., 31 cent.

ÉCOLE ITALIENNE (XVIe siècle)

98 — *Portrait de Catherine Cornaro, reine de Chypre.*

Bois. Haut., 24 cent.; larg., 18 cent.

ÉCOLE TOSCANE

99 — *La Sainte Famille.*

Dans le fond, l'Annonciation aux bergers.

Bois. Haut., 1 mètre ; larg., 58 cent.

100 — Sous ce numéro, seront vendus des tableaux et dessins non catalogués.

www.ingramcontent.com/pod-product-compliance
Ingram Content Group UK Ltd.
Pitfield, Milton Keynes, MK11 3LW, UK
UKHW020221180726
13838UKWH00005B/2127

9 782329 384092